又吉直樹

那本書是

吉竹伸介

序章

那本書的封面上，
寫了兩個男人的名字。

這是某個王國出版的書，
以下是那本書的故事梗概。

有一位愛書的國王。
國王已經年老高壽，
眼睛幾乎看不見了。

國王找了兩個男人進入皇宮，
對他們說。

「我愛書，至今為止，看了不計其數的書，
世界上所有的書，我幾乎都看遍了。
只不過我的視力越來越差，
再也沒辦法看書了，
但是我仍然愛書，所以想聽關於書的故事。

你們去世界各地，
找出知道各種『奇書』的人，
然後向他們打聽那本書到底是怎樣的『奇書』，
回來之後，再把那本書的故事說給我聽。」

國王把旅行需要的錢
交給那兩個男人，
讓他們去世界各地旅行，
於是他們踏上了尋書之旅。

一年之後，兩個男人結束環遊世界，回到了王國。

國王比之前更老了，
只能整天躺在床上。
於是那兩個男人
分別在每天晚上，
輪流把從各式各樣的人口中
打聽到的各式各樣的書的故事，
說給國王聽。

「聽那個人說，那本書……」

第1夜

那本書，以驚人的速度飛快地跑著，沒有人有辦法看到那本書的內容。

因為靠人類的雙腳根本追不上，於是就派獵豹去追那本書，總算看到了那本書的封面。

目前大家正在絞盡腦汁思考，要怎麼從獵豹的口中問出那本書的書名。

那本書，是雙胞胎。

因為是雙胞胎，所以無論外形和內容都非常像。

區分兩本書的唯一方法，就是像玩紙飛機一樣，把書丟向空中。

丟出去後，書會向兩側張開，像翅膀一樣在空中飛舞的是姊姊書。

丟出去後，會發出「喂！」叫聲的就是妹妹書。

那本書，遭到警察追捕。警察前往那本書所住的公寓，隔壁鄰居告訴警察：「我的鄰居幾天前就搬走了。」

那本書遭到了全國通緝，警方收到了來自全國各地的目擊線報，但遲遲無法將那本書逮捕歸案。警方決定回歸原點展開偵查，終於順利逮捕了那本書。

那本書是在第八集的住家附近落網。

因為警方注意到那本書是第七集，這條線索立下了大功。

那本書，雖然是書，但由北向南延伸成長條狀，漂浮在大海上，有很多人住在上面。到底是什麼書呢？

提示：春天會有櫻花綻放；夏天有七夕；秋天時，樹木都變成紅葉；冬天的時候，大家都坐在暖爐桌內剝橘子吃。

正確答案就是——日本。

譯注：書的日文是「本」，所以作者以此作為諧音哏。

Eu ai kian m

那本書，是全世界最浪漫的書。當把那本書放在懸在夜空的月光下，聽爵士樂，喝葡萄酒，就會變得更加深奧。

那本書，掉落在地上時，會像籃球一樣彈起來。喜歡書和籃球的朋友，會把那本書當籃球，在上學的路上一路運球到學校。

那本書，當枕頭有點太高了，
很容易落枕，所以要小心。

那本書，在翻頁閱讀時，發出「唰唰」的翻書聲有點太猴急了。

有時候明明還沒有翻頁，就會先聽到「唰唰」的聲音，讓人很生氣。

第2夜

那本書，

那個國家人手一本。

嬰兒出生時，
國家就會發給每個人一本。

那本書上寫著國家的理想，
必須為國家的理想付出的犧牲，
以及身為國民的義務，還有稅金的結構，
和國民所受到的保障。

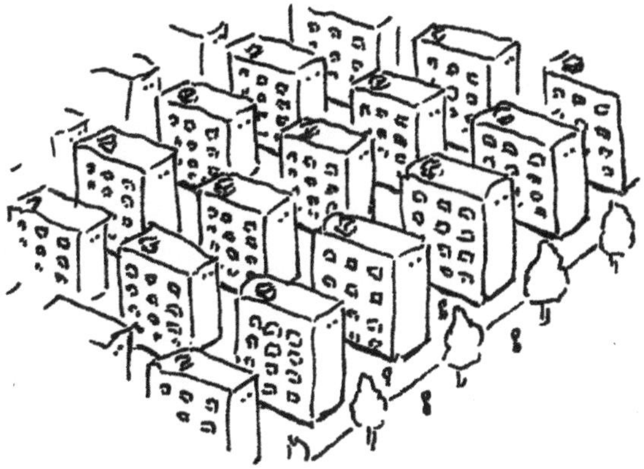

書上還寫著，
當國家發布指示時，
國民就要把最後紫色那一頁吃下去，
團結一心，和國家合為一體。

那本書，

被一歲的兒子撕得稀巴爛。

恩師說：「這是一本論述世界真理的名著。」
於是我在恩師的推薦下買了那本書，
然後放在家裡，打算改天來看。

雖然最重要的部分被撕爛後，
完全看不到寫了什麼。

但我總覺得也許這本書目前的狀態，
就是這個世界真實的樣子，
所以就沒有把這本書丟掉，
仍然留在家裡。

那本書，

以前是那個星球上最可怕的東西。

因為那本書遭到了詛咒：

「只要有人翻開那本書，

在三波雷之內必死無疑。」

所以，當那本書

透過某種方式送到地球上時，

一度導致人心惶惶。

但是在研究之後發現，
「三波雷」相當於地球上八百年的時間，
所以如今在地球上，誰都不怕那本書。

目前那本書，
收藏在千葉縣的一家圖書館，
任何人都可以自由借閱。

那本書，

很模糊。
無論輪廓還是文字都很模糊，
根本無法閱讀。

多年來，它一直被認為是一本神秘的書，
某次偶然發現了意外的事。

小孩子似乎可以看到書上的內容，
年紀越小的孩子，
越知道書上寫了什麼。

為了從小孩子口中問出書上所寫的內容，
進行了進一步的研究。
但是，當小孩子學會說話，
到了能夠向別人說明的年紀，
看那本書時，也會變得越來越模糊，
看不到上面究竟寫了什麼。

目前只知道，
只有年幼的時候，才能夠看得懂，
也才能夠理解和記住那本書上寫的內容。

那本書，

位在Fa和La的書中間。

譯注：「那本書」的日文「その本」也可以音譯為「So」的書，所以位於音階Fa和La的中間。

第3夜

那本書，靠吃書籤慢慢長大。起初人們對那本書心生畏懼，但是那本書只吃書籤，完全不吃其他東西。雖然曾經有人試過把紙夾在書裡，或是把切得很薄的肉片用保鮮膜包起後夾在書裡，但是那本書除了書籤以外，完全不吃其他東西。有人得知這件事後，就以高價買下了那本書。書的主人靠著讓大家參觀那本書實際吃書籤的樣子，賺到了比當初買下那本書的金額多好幾倍的錢。

那本書輾轉賣到各個不同國家的不同人手上，也許是因為那本書慢慢變大，書的主人和那本書一起生活久了，都會漸漸感到不安。

有一個好心腸的人，發自內心熱愛書，覺得那本書被當成小丑參觀很可憐，於是就買下了那本書。這個愛書的好心人並不在意那本書不可思議的特質，她只是想看那本書上寫了什麼內容。她是唯一把那本書當一本書看待的人。愛書的好心人為了買下那本書，不惜賣掉自己的房子。她周圍的人都無法理解她想要保護那本書的熱情，她只好離開了家人，民眾更是指責她的行為是「沽名釣譽」。愛書的好心人完全不在意別人的惡意，搬去了勉強可以容納那本書、能和那本書同住的屋中。

她終於買到了那本書。

愛書的好心人小心翼翼地把那本書帶回了屋中，對那本書說：「這裡就是你的家。」

那天晚上，愛書的好心人決定看那本書，最後卻沒看成那本書。

幾天之後，愛書的好心人的好朋友因為聯絡不到她，擔心地去她家找她。即使敲了門，也沒有聽到任何回應，於是好朋友就用備用鑰匙打開門鎖，走進她家，看到了那本書就在屋子正中央，而且比之前在照片上看到時都更加巨大。地上的血泊中，有一部分殘破的衣物。

那個好朋友用力打那本書，喊著愛書好心人的名字。

「紓謙～！」

那本書，會挑人。

整個城市心地最善良的人想看那本書，卻打不開。

但是，整天說別人壞話，惹人討厭的人想看那本書時，一下子就打開了。

那本書，是全世界最無聊的書。

那是一個變得對書深惡痛絕的作家，為了讓更多人討厭書，不斷摸索後寫下的。

那本書，會笑得很大聲，所以深夜都會被放進冰箱冰起來。

那本書，從高處掉落時，會像貓一樣滾動，安全落地。

那本書，浮在河流的水面上時，十六頁上「大猩猩用球接連打破了船上的每一扇窗戶」這句話中的「船」這個字，和八十六頁的「大猩猩用無比大力的一隻手轉動的俄羅斯轉盤持續轉動了十五年，都沒有停下來」中的「隻」這個字，就會從故事中跳出來，變成「船隻」，把那本書載到陸地。還有第二十三頁上的「原本以為握住了媽媽自由的手，沒想到竟然是渾身都是黑毛的大猩猩的手」這句話中的「自由」這兩個字，和四十二頁的「收到了黑毛大猩猩寫滿了♡的新式電子郵件」這句話中的「式」這個字就會跳出來，變成「自由式」，以游泳的方式，將那本書送到陸地。

只不過自由式的游泳姿勢有點生硬。

中文版

那本書，很親切溫柔，只要村莊內發生了不愉快的事，或是痛苦的事，村民就會一起看那本書。有一天晚上，巨大的怪物襲擊了村莊。這個村莊自古以來，就深受怪物的危害，村民都為此傷透了腦筋。怪物在一夜之間，破壞了村莊內所有的房子，摧毀了農田，而且怪物竟然吃掉了成為鎮村之寶的那本書，村民都悲傷不已。

隔天，怪物去村莊向村民道歉，還修好了前一天破壞的房子，也把農田恢復了原狀。怪物除了幫忙村民做事，也陪小孩子一起玩。怪物吃了親切溫柔的書之後，也變成了親切溫柔的怪物。

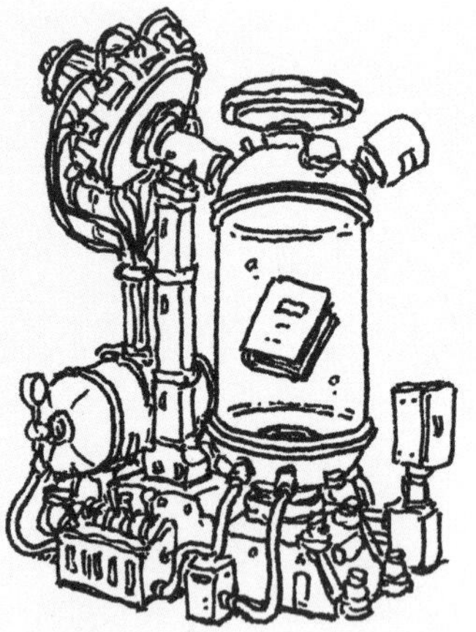

第4夜

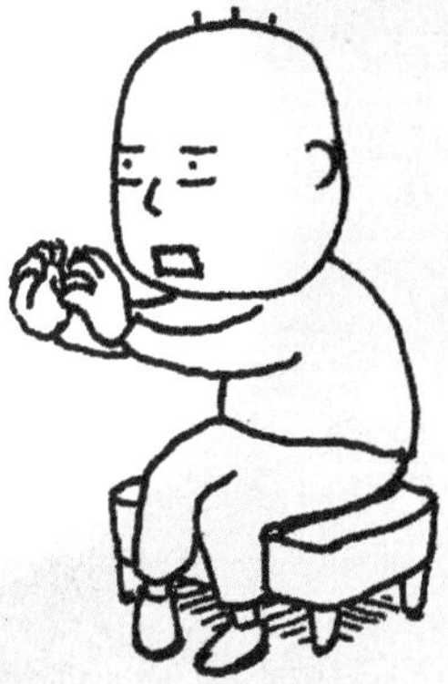

那本書，

總有一天，可以拯救我。
總有一天，能夠為我建立新的價值觀。
總有一天，可以為我帶來某種契機。

總有一天，可以為我帶來大筆財富。
總有一天，一定可以讓我減重三十公斤，
讓我變成一個肌肉男。

雖然還沒有看那本書，
但我已經買回家了，
總有一天會看那本書。

只要有那本書，
我總有一天會獲得重生。

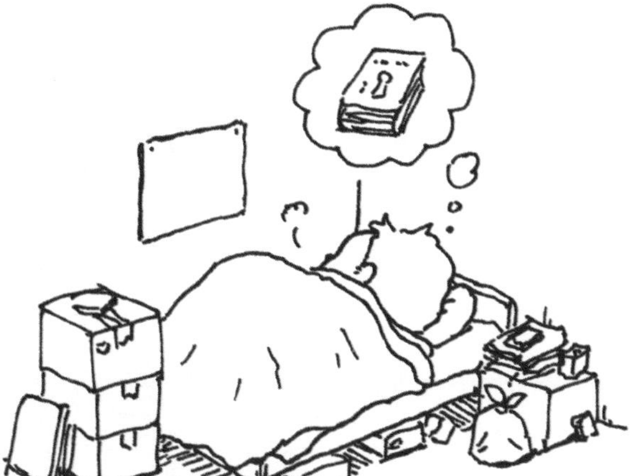

那本書，

是我五歲的時候寫的，
媽媽幫我把書紙裁成書的大小，
然後用釘書機釘了起來。

我在每一頁上，
都畫了魚、恐龍
這些當時我很想飼養的動物，
一頁上畫一種動物。

做那本書的過程太開心了，
媽媽稱讚我寫的書，
也讓我樂不可支。

我目前之所以會從事寫書的工作，
或許就是因為我想再次體會當時的心情。

那本書，

裡面夾了頭髮。
那是我之前去二手書店，
隨手買回來的二手書。

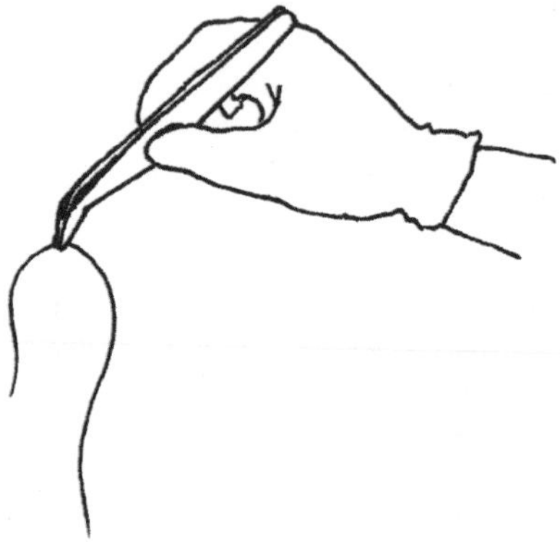

那本書總共有六個章節，
每一章的最後一頁，都夾了一根頭髮。

每根頭髮的長度、顏色都不一樣。

那曾經是一本可以為真實發生，
但目前尚未偵破的連續殺人案
提供辦案線索的書。

那本書，

書上寫的所有內容都無聊透頂，
前幾天，我原本打算拿去回收，
在放進垃圾袋之前，發現了一件事。

那本書有一種難以形容的氣味。
我以前不知道曾經在哪裡聞過這種味道。

但是，聞了很久，
還是想不起來那到底是什麼的氣味。

我太好奇，實在太好奇，
所以現在每天晚上睡覺之前，
都會聞聞那本書的氣味。

那本書，

我一直想要物歸原主。
那是很久以前，
向一個關係不怎麼好的朋友借來的，
我當然還沒有看。

我懶得特地把那本書還給對方，
所以一拖再拖，直到今天。
聽說那本書很稀有，
所以也不能丟掉。

我不太確定對方
是否記得把書借給了我，
但我也懶得去向對方確認。

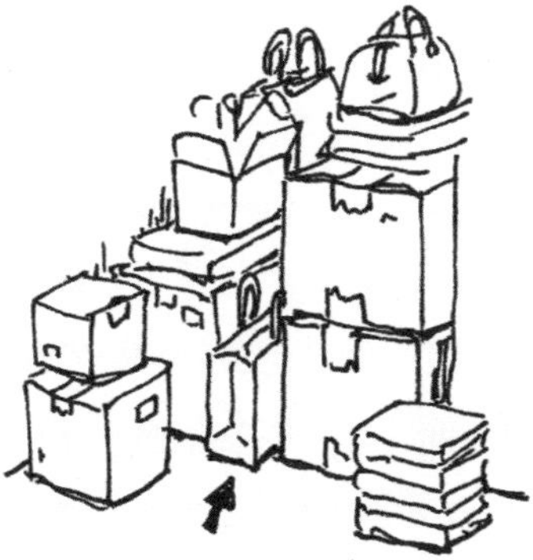

我有預感，
那本書會一直留在我家。

那本書，

有四分之一被吃掉了。

第5夜

那本書，放在花田時，看起來很可愛；放在水泥地上，看起來很孤獨；放在叢林中，看起來就像是野生動物。

討厭的人拿在手上，看起來就是一本無趣的書；面帶笑容的人拿在手上，就覺得是一本妙趣橫生的書。

但是，把那本書放在書架上，就變得很不起眼。

明明是同一本書，書中的內容也完全一樣。

那本書，口頭禪是「我年輕時有很多人追求」。

那本書整天吹噓自己年輕時有很多人追求，是書架上最自以為是的書。

雖然其他書都覺得那本書「好煩喔」，但都沒有多計較。

那本書，又破又舊，是二手書書架上所有書中最髒的一本。

雖然都是二手書，但其他的書有的像新書一樣乾淨，也有的看起來有八成新。

只有那本書破爛不堪，客人走進二手書店，拿附近的書時也都會小心翼翼，避免碰到那本書。

大家覺得那本書很可憐嗎？

大部分的書被人看了一次，最多看了三次之後，就會被放到書架上，甚至被丟棄，但是那本書的主人曾經看了它一次又一次，看了一百次、兩百次。那是那本書的主人小時候，他媽媽買給他的書。第一次看那本書時，小主人並不喜歡，甚至覺得是「一本無聊的書」。但其實並不是書無聊，而是他看不懂那本書，所以數年之後，書的主人又看了一次，然後發現原來是這樣的內容，之前看的時候，完全看不懂書上寫了什麼。

這個發現讓書的主人知道，不同時期看同一本書，會感受到不同的樂趣。書的主人太高興了，一次又一次看那本書，每看一次，都會有全新的發現。每次去一個有很多不認識的人的陌生地方時，書的主人就會帶上那本書，在新的地方看書，於是完全不會感到寂寞，好像那本書保護了他。

書的主人有了戀人後，也眉飛色舞地向戀人介紹了那本書。他的戀人也看了那本書，兩個人開心分享那本書的讀後感。

書的主人每次和朋友一起喝醉酒，就會忍不住告訴其他人，那本書讓自己獲益良多，為自己帶來了勇氣，也幫助了自己。這種時候，那本書就很高興。書的主人上了年紀之後，仍然持續看那本書。

書的主人太愛那本書，於是就買了全新的同一本書，送給自己的孫子。

那本書雖然變得又破又舊，但一直屬於那位老主人。

那本書和老主人的離別時刻終於到來了。老主人雖然已經無法再翻開放在床邊的那本書，但在臨終前，他輕輕撫摸那本書的封面。

那本書離開了主人後，輾轉相傳，如今出現在二手書店的書架上。

那本書回想起遙遠的過去，書的主人還小的幼年時代，小心翼翼地抱著自己，小手一頁一頁翻閱的時光。之後，書的主人的手變大了，那些被他溫暖的雙手捧在手心閱讀的時光也回味無窮。

其他的書都很新，只有那本書又破又舊，但是，那本書很幸福。因為那本書除了書上的故事以外，還擁有另一個故事。

那本書，是當紅樂團的成員。

現在為大家介紹樂團的成員！這位是吉他手大塚！

「嘰嘰嘰嘰——唰！」

接著是貝斯手中村！

「轟轟轟轟嗡！」

這位是鼓手平井！

「咚咚咚、鏘！！」

最後一位是——那本書。

「唰唰唰！啪啦啪啦！」

我們今天要唱新歌！請大家聽我們的新歌！

「趕快把借的書還給我！」

那本書，很黏我，總是坐在我的右側肩膀上。雖然我起初有點不知所措，但習慣之後，就覺得很可愛。問題是那本書都一直坐在右肩，所以讓我有點重心不穩。

有沒有人可以把和那本書重量相同的東西放在我的左肩上？

滑板太重了，乒乓球又太輕了，很難找到重量剛好相同的東西。

蛋包飯？啊，蛋包飯剛剛好。

那本書，有時候比鐵還硬，有時候卻比豆腐更軟。

和朋友開玩笑，用書打朋友的腦袋，可能引發命案；閱讀時翻得太用力，整本書就會散掉，所以很不好對付。

那本書，正中央有一個洞，把那本書放在唱片機上，放下唱針，就會自動朗讀故事的內容，所以我偶爾會在深夜讀那本書。

第6夜

那本書，

那本書寫了很多未酬的壯志和未竟的夢想。

有很多人基於各種理由，
無法如願的故事。

有失去了一種未來，
又找到了另一種未來的故事。

那是父親想要寫的書，
想要讓受到挫折的人瞭解
「並不是只有自己不如意」，
然後從這些各式各樣的個案中，
找到重新站起來的方法。

父親蒐集了許許多多的故事，
想把自己的故事放在最後。

父親希望在那本書的最後，
留下自己找到新希望的身影，
作為那本書的總結。

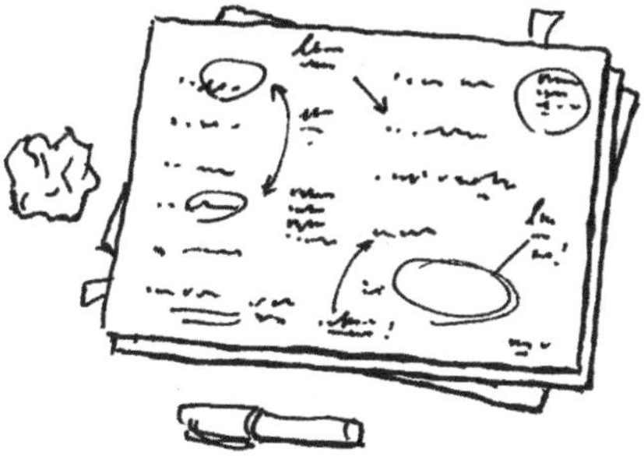

他希望曾經失去希望的自己，
為世界各地的人帶來勇氣。

但是，
即使父親蒐集了很多故事，
即使投入了很多時間，
還是無法找到希望。

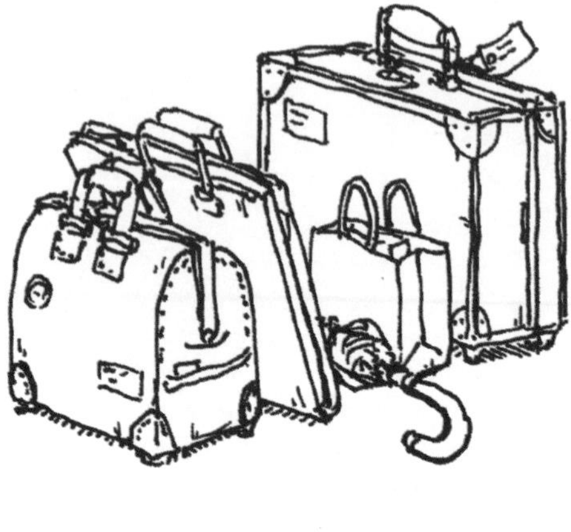

父親為此感到焦急，痛苦不已，
最後陷入了絕望。

我現在終於知道。

有些人始終無法走出悲傷，
也有些人即使做出了正確的決定，
卻無法貫徹始終。

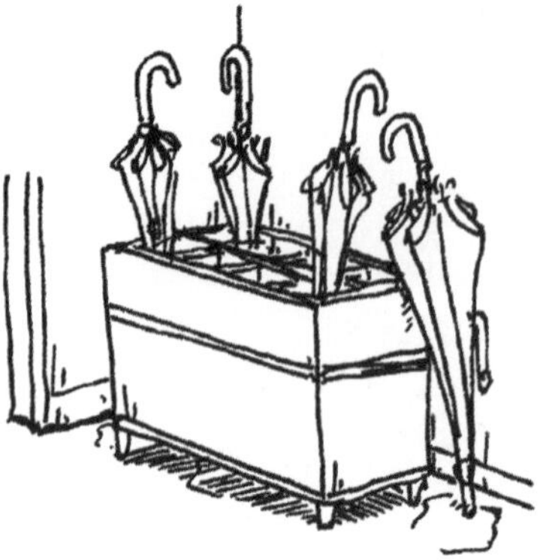

但是，即使不快樂，
也不代表那是錯誤的。

即使不正確，
也不會就成為放棄生命的理由。

雖然我想這麼告訴父親，
但父親太老實，又太頑固，
所以可能無法瞭解這件事。

我完成了父親未完成的那本書，
那本書終於問世，
雖然無法拯救父親，但是父親的努力、
父親蒐集的許許多多的故事、
父親的人生，拯救了無數人。

任何人都無法拯救自己，
每個人都只能拯救自己以外的人。

正因為這樣，
我們更要努力拯救他人。
因為有朝一日，
我們也需要別人拯救。

我想，也許這就是那本書想要傳達的訊息。

第7夜

那本書，故事裡沒有人死。

剛升上五年級，竹內春就轉學到我們學校。雖然有點靦腆，但還是口齒清晰地說了自己的名字，還告訴大家「我以後想成為繪本作家」。

她的話音剛落，班上所有的同學都轉頭看向坐在教室最後排的我。

因為我之前曾經說過，將來想當繪本作家。竹內春一臉納悶的表情，似乎不知道為什麼班上的同學都同時轉頭看向後方，但有人小聲地說：「和岬一樣欸。」她似乎猜到了是怎麼一回事。我覺得特地轉頭看我的同學很幼稚，也覺得這個轉學生竹內春有點討厭，因為別人根本沒問，她就主動說出將來的夢想。竹內春自我介紹後，在老師的示意下，坐在教室中央的座位。當教室漸漸安靜下來，像平時一樣開始上課後，竹內春轉頭看了我一眼。

竹內春很快就交到了朋友，融入了我們班上，但我覺得她就像是教室內的異物。也許是因為我很在意她說想要成為繪本作家這句話。

竹內春皮膚很白，手臂可以隱約看到皮膚下的藍色血管，感覺她比其他人吸收了更多光芒，也像是竹內春自己散發出光芒。她一頭黑髮剪成妹妹頭，頭髮梳得整整齊齊，完全看不到一根頭髮翹起來。一對細長的眼睛誠實地反映了她內心的感情，只有在看見她有興趣的對象時，才會睜得大大的。她的聲音最令人印象深刻，雖然聲音很小聲，但口齒很清晰，即使只是正常說話，也富有抑揚頓挫，如實傳達她內心的感情。我覺得她的坦誠好像在責備我彆扭的感情。

每次走過學校走廊上的布告欄前，我都會看展示在布告欄的畫。這所學校會從每個年級挑出一幅優秀的作品，展示在走廊上。從一年級開始，我畫的每一幅畫都會出現在布告欄上，所以每次經過走廊，我都很想看看自己的畫，但是和朋友在一起時，都必須假裝自己不在意。因為我不希望別人覺得我是一個會得意地看自己作品的人。

「請各位同學找出中庭裡自己想畫的風景，隨便哪一個角落都可以，然後畫在畫紙上。」

圍在老師周圍的同學都乖乖點頭，有幾個男生跑去鞦韆那裡。

「老師，可以畫植物嗎？」

田中同學每次都問一些多此一舉的無聊問題。

「可以，植物也是風景，但是鳥和雲位置會改變，無法一直盯著看，所以畫的時候要小心。」

老師的回答也同樣多此一舉，和田中同學不相上下。

這是竹內春轉學之後，第一次在課堂上畫畫。我決定畫包括那些畫畫的同學在內的中庭風景，所以和大家保持距離，獨自坐在可以看到所有人的地方畫了起來。竹內春和三個要好的女生一起坐在鞦韆旁畫畫。我無法不注意她。

「哇！小春，妳畫得真好！」聽到有人這麼說，我的畫筆又忍不住停了下來。其他女生也都聚集在竹內春周圍，稱讚她畫得很好。

「我還沒畫好呢。」

竹內春應該是害羞地這麼說了。雖然我聽不太清楚她說的話。

「竹內同學觀察得很仔細，可以感受到五月的光照在每一棵樹上。」

班導對竹內春花了幾天時間完成的畫讚不絕口。班導明明對畫並沒有深入的研究，卻煞有介事地講評，讓我感到很不爽。之前選出我的畫時，老師從來沒有說過什麼話，只是理所當然地貼在走廊上。竹內春的畫展示在走廊上後，有很多人都聚集在那幅畫前參觀。

「根本就是照片。」有人這麼說。雖然那個人應該是在稱讚，但如果看起來像照片，不如乾脆拍照片就好？我的腦海中響起了自己帶著怨氣的聲音，我覺得那些在看我的人似乎都在憐憫我，其他班級的學生在走廊上聊天時，我也覺得他們在說我的壞話，越想越痛苦。

課間休息時，我坐在課桌旁，托腮看著窗外。班導師說的「五月的光」是什麼？雖然季節不同時，陽光會改變，但可以籠統地用五月的光來形容嗎？我從下方拍打著桌子，發出來的聲音聽起來好像樂器。

「你在幹嘛？」

抬頭向前一看，發現竹內春站在那裡。

「不，沒幹什麼。」

「很引人注意喔。」

「不會吧？」

「沒騙你，因為你開始拍桌子，我還納悶發生了什麼事。」

「喔喔，因為我耳朵貼在桌子上，以為只有自己聽到。」

「原來是這樣，但聽起來很大聲。」

「喔，對不起。」

我覺得該說的話已經說完了，但竹內春仍然站在那裡，我有點不知所措。

「岬同學，你畫的那幅中庭的畫很厲害，我很喜歡。」

竹內春看著我的眼睛。

「一點都不厲害。」

我說話時，努力不讓自己的聲音顫抖。

竹內春搖了搖頭說：「我完全沒有想到，可以把在中庭畫畫的其他同學也一起畫進去，我覺得很有趣。」

我在竹內春瞪大的眼睛中看到了自己。

「謝謝。」

竹內春為什麼特地對我說這些話？

「照理說，應該是你的畫入選，但我是轉學生，而且大家都已經知道你的畫很出色了。」

竹內春說話時加快了速度。

「不，妳的畫才出色，我很好奇妳是從中庭的哪個角度畫出那幅畫，所以還在放學後，去中庭的各個角落找了一下，但最後還是沒有找到可以看到和那幅畫相同風景的地方。」

竹內春聽了我的話，露出有點驚訝的表情，輕輕「咦？」了一聲。

「你一個人在中庭找嗎？」

「嗯，我很好奇是從哪一個角度看到的。」

我發現竹內春的臉頰紅了，然後我也為自己對竹內春的畫產生興趣這件事被她知道感到害羞。也許是因為她稱讚我的畫，讓我心情放鬆的關係。

「站在中庭的鞦韆上盪鞦韆時，可以看到銀杏樹後方，心情會很好。」

竹內春好像很害羞，又好像感到興奮。

「難怪，我就在想，如果坐在中庭，根本不可能看到銀杏樹後方的風景，原來是站在鞦韆上看到的景象。」

「嗯，我畫的角度是從更高的位置，但是只有你發現這件事，真是太高興了。」

「原來妳會站著盪鞦韆。」

「嗯，我可以盪得很高。」

竹內春笑了起來，我很在意教室內的其他同學怎麼看我和她單獨聊天這件事。上課的鈴聲響了，竹內春對我說了聲：「改天再聊。」走回自己的座位。

「改天再聊」什麼？還要和我聊畫畫的事嗎？我思考著這件事，竹內春笑著回頭看了我一眼。

隔天早上，我在課桌的抽屜內發現一本全白的筆記本。我抬頭環顧教室，剛才來不及道「早安」的竹內春正滿臉微笑看著我。

每次翻開新的筆記本，總是充滿新鮮的期待，但從來沒有像今天這樣手會發抖。

筆記本的第一頁一片空白，翻開下一頁時，發現畫了一尾在海裡游泳的魟魚。為什麼要畫魟魚？我有點納悶，但似乎並沒有特別的理由。

魟魚的嘴巴旁畫了一個漫畫中經常看到的對話框。

「嗨。」

聽到聲音，我驚訝地抬起頭，發現竹內春站在我面前。

「你想一下魟魚想說什麼。」

竹內春說完這句話，又走回自己的座位。我在筆記本上寫了魟魚說的話。

「我的身體很薄，可以當墊板。」

連我也搞不懂自己在寫什麼。

第二節課下課後，我利用課間休息的時間，悄悄把筆記本放在竹內春課桌的抽屜裡。上第三節課時，竹內春發現我把筆記本還給了她，然後翻開了筆記本。

接著，我看到她的肩膀上下抖動起來。她似乎在笑。我感到很高興。竹內春把全白的筆記本藏在上課用的筆記本下方。我在筆記本上畫了長頸鹿，然後也模仿竹內春，畫了一個對話框。竹內春可能正在思考要讓長頸鹿說什麼話。

放學後，我發現筆記本又回到了我的課桌的抽屜內。

我忐忑不安地翻開一看，長頸鹿對我說：「我是巴掌臉，對吧？」

我覺得長頸鹿最大的特色不是小臉，而是脖子長。長頸鹿的下一頁畫了狼，狼的嘴巴旁也有一個對話框。我打算回家後，再好好思考要讓狼說什麼話。

最後，我在狼的對話框內寫了「我其實很不想嚎叫嗷嗚嗷嗚嗷嗚！！」這句話。我還是不知道自己在鬼扯什麼。

隔天，我和竹內春繼續互傳筆記本。每天一次，多的時候甚至一天兩次。我想畫出比竹內春更有趣的畫，也想寫出比竹內春更逗趣的臺詞。最重要的是，每次看到竹內春為我畫的畫，或是看了我寫的對話笑出來，我就很高興。

回到家，泡澡的時候，或是晚上關燈準備睡覺時，我都持續思考要畫什麼和要說什麼話，這可以說是和竹內春共度的時間。

有一天晚上，我翻來覆去睡不著，於是就翻開了全白筆記本，回顧了我們之間交換的內容。

竹內春畫的魟魚說：「我的身體很薄，可以當墊板。」

竹內春畫的狼嚎叫：「我其實很不想嚎叫嗷嗚嗷嗚嗷嗚！！」

雖然這些對話都是最近寫的，卻已經有一種懷念的感覺。

竹內春畫的擊出全壘打的打者道：「我剛才擊球時，瞄準的是那反感傢伙他家的窗戶。」

竹內春畫的大猩猩機器人語帶遺憾地說：「因為擔心會故障，所以我不能激動捶胸。」

竹內春畫的熊誘惑說：「你可以再靠近一點，確認一下我是野生的熊還是人偶，聞一下我的氣味就知道了。」

竹內春畫的小貓熊哭著說：「教育委員會的各位委員大人！老師聲稱，要我罰站。」小貓熊的眼淚是我加上去的。

竹內春畫的暴龍叫著：「讚吼吼吼吼吼吼！」竹內春在那一頁的角落寫了「不要偷懶！」幾個字。她的意思是要我更認真思考暴龍的臺詞。

竹內春畫的長臂猿向我們說明：「我的左手臂比右手臂長兩公分。」

竹內春畫的接力賽選手搞笑說：「我是在指天畫地倒著跑。」

竹內春畫了一排螞蟻，走在最前面的螞蟻嘀咕說：「當領頭蟻的壓力爆表。」

竹內春畫的骷髏頭害羞地說：「連骨頭都被人看光光，這太丟臉了～」

竹內春畫的牛蛙威脅說：「我要跳一些些囉？沒問題吧？」竹內春在筆記本角落用小字寫了一行字：「如果牛蛙跳過來，真的會嚇死」。

竹內春畫的蜥蜴問：「我看到有人在身上刺了一個完全就是複製我外形的刺青，那畫太逼真，於是我就上前認親，沒想到那個人光速逃走了，怎麼回事啊？」

我為竹內春畫的畫加上臺詞，竹內春為我畫的畫加上臺詞。雖然並不是學校的功課，但我也不知道這算是遊戲還是修行。

即使再看一次，仍然覺得竹內春的畫很生動，她的畫令人情不自禁想像這幅畫之前和之後的情況，所以很容易寫出臺詞。

相較之下，我的畫又是如何？

和竹內春的畫相比，我的畫似乎缺少亮點。我認為我的畫透露出我個性中的陰鬱。雖然我之前從來不曾意識到這件事，但看了竹內春的畫，就產生了這種想法。

課間休息時，我坐在教室自己的座位上，竹內春經常主動和我聊天。我有時候會和她聊天，有時候會停下筆，和竹內春一起看向窗外。

「上次我在家的時候，翻著我們的筆記本，發現你的畫超有趣。除了暴龍以外，所有的臺詞都寫得很棒。」

竹內春的聲音很透明、很平靜，聽了令人感到安心，但和她在同一個空間呼吸時，我會突然感到不安。也許是因為她的聲音和表情太溫柔了，我經常忍不住想，如果她對我的興趣、溫柔，和花在我身上的時間轉移到別人身上，我該怎麼辦？

因為我很擔心自己之後會受傷，甚至曾經想過和她保持距離，不要和她太要好。但是，我很難做到，每天早上一到學校，我就忍不住尋找竹內春的身影；前一天晚上就開始思考，見到她時，要用什麼樣的聲音向她打招呼。

「你是不是喜歡竹內？」

當班上的同學這麼問我時，我一時聽不懂這句話的意思。在周圍的人眼中，應該覺得我們就是這麼一回事，也曾經有其他男生調侃我和竹內春的關係。

如果是在兩個月前剛認識竹內春的時候，遇到這種情況，我可能會緊張地加以否認，但現在的心境完全不一樣了，甚至覺得同學調侃這種事，並且以此為樂的行為很幼稚。

「竹內是轉學生，所以不知道那件事。」

同學露出不懷好意的笑容，我很想把他撕爛。我的確有不想被竹內春知道的事，竹內春不知道那件事，也讓我覺得她很可怕，但並不是只有這樣而已。

竹內春本人雖然溫柔，但她的畫和寫的臺詞隱藏著危險，對我造成了刺激。從這個角度來說，竹內春絕對不只是個溫柔的人而已。

我有辦法畫出像她那樣的風格嗎？我是不是太受竹內春的影響了？

和她在一起很開心，聊畫畫的事很開心。在學校時，我總是情不自禁尋找她的身影。不，即使不在學校的時候，每次有腳踏車經過身邊，我都會忍不住轉頭看，覺得也許是竹內春。回到家之後，只要聽到外面有人說話，就會以為是竹內春，然後從陽臺偷偷向外張望。

我知道自己絕對喜歡她，但也許只是被比自己畫畫更厲害的人吸引，或是感到害怕，這樣的心情更加強烈。

「欸，你有沒有在聽我說話？」

「嗯，我回家後也看了筆記本，覺得妳的畫很有動感，好像隨時會動起來，但我的畫就靜止不動。」

「沒這回事，你畫的蚯蚓超級噁心。」

「喔——妳說蚯蚓啊。」

「我說噁心是稱讚，你不覺得讓人覺得噁心的蚯蚓很酷嗎？」

「會嗎？」

「嗯，非常酷。」

「妳那時為蚯蚓寫了什麼臺詞？」

「在國道上被輾死的蚯蚓就是我的未來。」

「這句臺詞也很噁心。」

「那是因為受到你的畫的影響。」

「啊？妳這樣覺得？」

「對啊。我在畫畫的時候，也會覺得這種畫法很像是你的畫風。我在以前的學校時，從來沒有用這種方式畫過，就是受了你的影響吧？」

「這樣啊。」

聽她提到之前的學校，我感到不安。竹內春在之前的學校時，也和別人這樣交換筆記本嗎？

竹內春翻開封面已經有點弄髒的筆記本，獨自笑了起來。

「你都怎麼決定要畫什麼？」

「就隨便畫啊。」

「長頸鹿、蚯蚓、牙醫、鯉魚旗、蛞蝓、鯰魚、魷魚、海豚、小黃瓜、燕子、骷髏頭、警察、魔術方塊。」

竹內春翻著筆記本，樂不可支地笑了起來。

「那才不是鯉魚旗。」

「怎麼可能？你畫的鯉魚旗超可怕又超有趣！這不是食人鯉魚旗嗎？」

竹內春瞪大了眼睛。她的眼珠是棕色的。

「什麼食人鯉魚旗？那是腔棘魚。」

「啊——竟然是腔棘魚！啊？那我寫的臺詞就顯得很莫名其妙了吧？」

竹內春把右手放在我的左肩上。

「嗯，妳當時寫了什麼臺詞？好像是『光吃風也不會飽』？」

「很接近了，我寫的是『我已經吃過風了，你給我蛋包飯』。」

竹內春笑著向我說明。

「即使聽了妳的說明，也不知道妳想表達什麼。」

「嗯，因為在想這句臺詞的那天，我晚餐吃了蛋包飯。」

「也太隨便了。」

「至少比暴龍的臺詞好多了！」

竹內春笑了，我也跟著笑了起來。

回到家後，我回想起和竹內春的聊天內容，翻開了筆記本。

我畫的長頸鹿問：「我是巴掌臉，對吧？」

我畫的蚯蚓預言：「在國道上被輾死的希世蚯蚓就是我的未來。」

我畫的牙醫提議：「如果覺得痛，希望你能舉起雙手雙腳告訴我。」

我畫的腔棘魚提出要求：「我已經吃過風了，你給我蛋包飯。」這句話的確更像是鯉魚旗會說的話。

我畫的蛞蝓生氣地說：「即使把美乃滋淋在我身上，我也不會溶化。」

我畫的鯰魚主張：「要看嗎？我不止兩根鬍鬚，明明更多。」

我畫的魷魚害羞地說：「我活著的時候不是白色，死的時候才是。」

我畫的海豚自以為了不起地說：「我的小牙齒是不是很多？你要不要看？」

我畫的小黃瓜看起來很美味可口，「我的夢想，就是讓河童好好吃我！」

我畫的燕子向全世界宣言：「即使下雨，我的心也可以飛得好高好高。」

我畫的骷髏頭看起來很可怕，「活見鬼了，好涼喔～」

我畫的警察難過地說：「大家都只想看一下警車。」

我畫的魔術方塊分享了偷吃步的方法：「其實可以拿去重新塗顏色啊。」

原本潔白的筆記本封面上不知道什麼時候留下了被什麼液體濺到的痕跡，有點弄髒了，裡面的頁面都會被我們畫的許多畫和莫名其妙的臺詞填滿。

「白色筆記本全部畫滿之後該怎麼辦？」

放學後，竹內春在教室內問我。雖然我很想在新的筆記本上繼續交換畫畫，但不知道是不是可以主動提這件事。窗外傳來其他學生在校園內玩樂的聲音，教室內只剩下我和竹內春兩個人。

竹內春拿起我掛在課桌鉤子上的帽子，戴在自己頭上。從窗戶照進來的夕陽把一半的教室染成了紅色。除了季節之外，光的種類也受時間影響很大。

「下次要不要來寫交換日記？」

聽到竹內春的聲音時，我可能忍不住笑了出來。我克制了內心的感情問：「為什麼要寫交換日記？」竹內春戴著我的帽子，理所當然地回答說：「既然你和我都想成為繪本作家，不就應該練習畫畫和寫故事嗎？」

「有道理，但我從來沒有寫過日記。」

「我雖然寫過日記，但這是第一次寫交換日記。」

我聽了她的回答，暗自竊喜。

「由誰先寫？」

「我先去明文堂買筆記本，我擔心你會買那種爺爺用的筆記本。」

「我可以搞定啦。」

「沒關係，我上完補習班可以順便去那裡，而且我也要買其他東西。」

「好吧，那就交給妳了。」

「嗯，我會買很可愛的筆記本唷。」

六月十九日（三）　竹內春

今天開始寫交換日記，請多指教，很希望你會喜歡這本新的筆記本。因為我在買筆記本時精挑細選，在那裡耗了很久，明文堂的店員阿姨還懷疑我偷東西，一直用狐疑的眼神看著我。我明明沒有偷東西，卻被她搞得緊張得不得了，這種感覺太奇怪了。

很高興你願意和我一起寫交換日記，太認真寫，可能很難堅持下去，所以不如來約定，可以寫很長，也可以只寫一句話。你覺得怎麼樣？

六月二十日（四）　岬真一

今天是我第一次寫交換日記。這個第一次永遠都會是第一次，所以我想要好好珍惜。首先，我想為妳去買了筆記本向妳說聲謝謝，這種時候，是不是「寫一句謝謝」才是正確的表達方式？

只不過我完全沒想到，妳竟然會買一本和上次一模一樣全白的筆記本。太像是妳的風格了。

可以寫很長，也可以只寫一句話，我瞭解規則了。我寫交換日記的方式正確嗎？

六月二十一日（五）　竹內春

你寫得太嚴肅了，感覺好像和老伯伯在寫交換日記。你可以更加自由發揮。

因為我對這種筆記本產生了感情，所以就買了這本。

六月二十二日（六）　岬真一

對不起。妳說我可以自由發揮，對嗎？像是喵嚕喵嚕呸呸，喵嚕喵嚕呸呸，還有暴龍「嗚吼吼吼吼吼吼！！！」這樣也行吧？

六月二十四日（一）竹內真

我才不是這個意思，而且根本看都看不懂。話說回來，我喜歡看不懂的東西，但暴龍的叫聲我真的不行，請你住手。

六月二十五日（二）岬真一

對不起，我不該亂開玩笑，但是如果不開玩笑，就會很害羞。我重新思考了暴龍的臺詞。

「老師，我想問一個問題。請問暴龍是恐龍，對嗎？」

這樣可以嗎？

六月二十六日（三）竹內春

慘了。這根本是每次都問一些廢話問題的田中同學。岬同學，你不可以這樣模仿她啦！

六月二十七日（四）岬真一

因為我實在無法不注意她的發問，而且老師每次的回答也都超廢的。

「但是鳥和雲位置會改變，無法一直盯著看，所以畫的時候要小心。」

簡直把小五學生當小孩子。

六月二十八日（五）竹內春

我忍不住笑了。那是老師回答時說的話吧？其實我也很在意！但他明明也喜歡你上次畫的會動的班上同學。

對了，我想問你一件事，為什麼你每次都要叫我的全名竹內春？不是很奇怪嗎？

六月二十九日（六）岬真一

竹內春這個名字很好聽，我們提到歷史上的人物時，不是也都用全名嗎？我原本還以為用全名叫別人很稀鬆平常，但我的確發現只有叫妳的時候用全名。那我以後要怎麼叫妳呢？

也許是因為妳剛轉學來我們班時的自我介紹令我印象深刻。

很少有人在五月轉學吧？如果妳剛好是在四月第一學期開學時轉到我們班，或許就不會特地介紹妳是轉學生？不好意思，我問了一大堆問題。

七月一日（一）　竹內春

隨便你怎麼叫我都可以，可以叫我竹內，或是春，也可以叫我竹內春。但是如果你在學校時叫我「春」，我可能會不理你。謝謝你稱讚我的名字，因為那是我爸爸幫我取的名字。

但其實我是在秋天出生的。

也許真的很少有人在五月轉進來，因為是臨時決定要轉學的。

七月三日（三）　岬真一

因為我不希望妳不理我，所以我會叫妳竹內。

雖然竹內秋這個名字也很適合妳，但還是春比較好，春很適合妳。為什麼突然轉學？

七月五日（五）　竹內春

我想要寫轉學的理由，結果就來不及在昨天把交換日記給你。我想告訴你轉學的理由，再給我一點時間！

七月六日（六）岬真一

今天真是討厭的一天。我沒事，妳還好嗎？不知道大家有沒有看這本日記？竟然有人把我們的交換日記藏在老師桌子的抽屜裡，太過分了。大家都已經知道這件事了，以後要不要直接交到對方手上？還有，如果妳聽說了什麼奇怪的傳聞，很對不起，妳不必勉強自己。

七月七日（日）竹內春

當老師問「這本筆記本是怎麼回事？」時，你馬上站起來說「這是我的！」。我很高興，你的反應太帥了。那些人竟然偷走放在課桌內的筆記本，然後放去老師桌子的抽屜，這種行為太無恥了。就是因為有這種人，所以明文堂的阿姨才會緊盯著客人。今天雖然是星期天，但我要挑戰看看，能不能去你家附近的公園交給你！如果沒辦法交到你手上，那就星期一再說！

七月八日（一）岬真一

我很高興妳來找我。因為很久沒有在學校以外的地方和同學見面了，所以我很開心。我好像和妳聊太久了，妳回家的時間有點晚，回家有沒有挨罵？

七月九日（二） 竹內春

沒有挨罵啊。其實那天我不想回家，也許該說每天都不想回家。因為我和你聊得很開心，所以現在不想寫這些事。

七月十日（三） 岬真一

我有時候也不想回家，有時候也想要一個人。我喜歡獨處。以前都一直以為自己喜歡獨處，但是和妳聊天時，感覺比獨處的時候更開心。

怎麼了嗎？如果妳不想說，不必勉強告訴我。但是如果妳想說，即使不是開心的事也無所謂。我有點詞不達意。

七月十一日（四） 竹內春

謝謝。昨天的月亮很美。我把筆記本帶到陽臺上，看了月亮之後，才看你寫的內容，忍不住流下了眼淚。下次告訴你。

七月十三日（六）岬真一

田中同學今天問的問題太猛了。

「老師，我們教室旁的廁所有很多人時，可以去上其他樓層的廁所嗎？」

我急忙記了下來。老師的回答也廢話連篇。

「嗯，雖然最好還是上教室附近的廁所，但如果真的很多人，也可以去其他樓層的廁所。」

明明只要「可以」兩個字就搞定了。

七月十四日（日）竹內春

田中同學問那個問題時，我馬上回頭看你，我看到你正在寫筆記，以為你沒聽到，沒想到是在記那個問題。

和你當朋友之後，我的個性好像變差了。如果我說了什麼惹人討厭的話，記得提醒我。今天也很高興和你在公園聊了天。

七月十五日（一）岬真一

我才是和妳成為朋友之後，變成了不良學生，竟然會用腳踏車載人，在校區外遊蕩。妳哼的那首歌是什麼歌名？我好像聽過，但當時我假裝自己知道那首歌。

七月十六日（二） 竹內春

那首歌的歌名是〈Yesterday Once More〉，是木匠兄妹的歌。爸爸以前經常用黑膠唱片放這首歌。

七月十八日（四） 岬真一

我請媽媽幫我買了CD，然後一直在聽這首歌。竹內春，每次聽這首歌，就會想到妳。雖然我已經改口叫妳竹內，但腦海中想到妳的時候，還是叫妳竹內春。

七月十九日（五） 竹內春

太好笑了，你又叫我竹內春。希望你永遠都不要忘記我的名字，即使變成老爺爺之後，也不要忘記。

我很高興你也喜歡木匠兄妹。我也想知道你喜歡的歌。

七月二十日（六） 岬真一

妳知道披頭四嗎？我曾經在星期日的廣播中聽到披頭四的〈Yesterday〉這首歌，馬上就愛上了。「Yesterday」好像是昨天的意思。不知道我們明天可以見面嗎？

七月二十一日（日） 竹內春

兩首歌都有「Yesterday」。原來是昨天的意思，我一直以為是「溫柔」的意思。快放暑假了，你有什麼打算？

七月二十二日（一） 岬真一

今天是個晴朗的好天氣，卻成為最糟的一天。雖然我不喜歡妳知道了我之前一直隱瞞的事，但也鬆了一口氣。如果妳因此討厭我，我也無話可說。任何人聽到這種事，都會覺得討厭吧？如果因為這個原因，無法繼續寫交換日記，我也只能認了。我一輩子都無法原諒那個叫我岬吐一的傢伙，並不是因為討厭嘔吐，而是無法原諒那種揭人家瘡疤的事。我會實話實說，告訴妳當時的情況。四年級時，有一次上游泳課，我身體不舒服，回到教室上課時，不小心嘔吐了。我低頭看著地上，但聽到周圍同時傳來桌子和椅子移動的聲音，有人叫著「啊——！」、「啊喲——」、「好髒喔——」，我的眼淚忍不住流了下來。隔天之後，他們就開始叫我嘔吐王，我就不想再去學校了。我在家的時候整天都在畫畫，我媽媽就買了很多繪本給我。我在看繪本的時候，可以忘記所有不愉快的事。我也是因為這個原因，才希望長大之後成為繪本作家。在我有了想要當繪本作家的夢想之後，又可以去學校上學，也不會在意其他人的事，我在學校時，也很少和其他同學說話。今天告訴妳那件事的那個傢伙應該喜歡妳，所以真的超過分。明明是暑假。

七月二十三日（二）　竹內春

謝謝你把這些難以啟齒的事告訴我。

生病的時候嘔吐很正常啊，我每年也會感冒一、兩次，感冒的時候也會嘔吐。唯一的不同，就是在家裡還是在教室嘔吐而已。如果因為這樣就要被取綽號，那我也會變成竹內吐。那個傢伙真的很無聊，他每次說話，就像在嘔吐。雖然你在那段時間很痛苦，但那段無法去學校上課的時間，也成為你找到夢想的理由。如果你以後成為繪本作家，我也成為繪本作家，我們就是競爭對手了。你暑假有什麼打算？

七月二十四日（三）岬真一

放暑假了。我想做一件事。我在電視上看到，暑假的時候會有流星雨，還說一旦錯過這次，下次要等三十一年後。我很想看流星雨，但因為是在深夜，爸爸媽媽說不可以去看。我可以把交換日記放在妳家的信箱裡嗎？

七月二十五日（四）竹內春

當然一定要看流星雨啊。我們可以半夜溜出家門，怎麼可能等三十一年後再看？你當然可以把交換日記放在我家的信箱裡，但我們要不要約好時間在公園交換？我也可以放在你家的信箱裡嗎？

七月二十六日（五）岬真一

放在我家信箱裡沒問題啊，但我決定以後每天傍晚五點，就去抽水站公園。如果沒有看到妳，我可能會回家，也可能會在公園裡坐一會兒。希望我們大概兩天可以見一次面！

七月二十九日（一）　竹內春

我上補習班的日子，可以在去補習班之前去抽水站公園。流星雨的時間快到了吧？是什麼時候？

七月三十日（二）　岬真一

流星雨是八月九日晚上，聽說半夜十二點的時候最密集。我們要不要在抽水站公園集合？河岸旁的堤防應該是最理想的觀賞地點。

八月一日（四）　竹內春

好期待。太興奮了。如果被大人知道，一定會被罵得很慘。雖然大人經常說，晚上出門很危險，要留在家裡，但如果家裡是危險的地方怎麼辦？最危險的人，可能就在家裡啊。

八月三日（六）　岬真一

沒錯。像是有人會在家裡養老虎，或是在家裡造瀑布的人就很危險。妳家很危險嗎？

八月五日（一）竹內春

我家雖然沒有養老虎，但真的很危險，有魔鬼住在我家。

八月六日（二）岬真一

魔鬼？超可怕，那還是外面比較安全。最近，我確認了我爸爸、媽媽完全睡熟的時間，發現他們幾乎都在晚上十一點上床睡覺（我雖然很睏，但還是硬撐著沒睡著）。我假裝去上廁所，然後叫他們，他們都沒有反應，所以我們約在晚上十一點半在抽水站公園集合吧。還是我騎腳踏車去妳家門口等妳？

八月七日（三）竹內春

謝謝。從我家走路到抽水站公園只要一分鐘，所以沒問題！就是後天了！

你有沒有想好要向流星許什麼願？我要許很多願望，今天要來整理一下。

八月九日（五） 岬真一

我做夢都沒想到可以看到那麼多流星，能夠順利碰面真是太好了。聽到狗叫時，我有點害怕，沒想到走到河岸時，看到有很多大人都在那裡，我們混在裡面不會引人注意，所以就放了心。但是，妳不覺得看到太多流星了嗎？看到一半時，我有點害怕起來。

妳每次看到流星飛過，都忍不住「啊！」地叫出來，來不及許願。妳那樣子實在太有趣了。我在最初的兩顆流星飛過時，就已經順利許了「希望可以成為繪本作家」和「還有竹內」這兩個願望，之後當流星飛過時，就開始感到害怕。有那麼多流星飛過，不會掉到地球上嗎？還是已經掉到地球上了？

八月十日（六） 竹內春

流星太讚了！謝謝！

你許願時只說「還有竹內」，會不會太隨便了？不過也是因為有些流星很快就過去了嘛。能夠和你一起看那麼美的流星，太高興了。

我一輩子都不會忘記那片景象。我在下一頁畫了畫。

以下是我的許願清單。

◆希望可以成為繪本作家。
◆希望你不會忘記我。
◆希望媽媽可以幸福快樂地生活。
◆希望可以學會翻身上單槓。
◆希望你可以認真思考暴龍的臺詞。
◆希望田中同學不要再問無聊的問題（因為你的關係，我會忍不住笑出來）。
◆希望老師不要再說那種無聊的說明（理由同上）。
◆希望魔鬼離開我們家。

八月十二日（一）　岬真一

妳畫的流星雨太美了。那是我在抬頭看流星雨吧？我也一輩子不會忘記那片風景，我的爸爸和媽媽都沒有發現我溜出家門，簡直是完美犯罪。

不知道如果田中同學看了流星雨，會問老師什麼問題。

會不會最先問：「老師，因為星星從天上流過去，所以才叫流星嗎？」也可能會問：「雖然我很想盡可能睜開眼睛，但眨眼睛也沒關係嗎？」

妳許願說「希望魔鬼離開我們家」，所以妳真的和魔鬼住在一起。這是妳創作的世界？還是現實？

又及：明天我要去奶奶家一個星期，不能去抽水站公園了。我會帶伴手禮回來給妳。

八月十六日（五）　竹內春

之前從來沒有這麼長時間沒有交換日記。這幾天以來，我一直都在思考該寫什麼。我真的和魔鬼住在一起，其實當初我們搬來這裡，就是為了逃離魔鬼。魔鬼會打媽媽，也會罵媽媽，即使叫他住手，他也完全不理會。他是赤鬼，身上整天散發出酒臭味。我在之前的學校畫的畫得到老師的稱讚，我放在桌上，想給媽媽看，然後就去睡覺了，半夜聽到媽媽和魔鬼在吵架，就醒了過來。媽媽平時都打不還手、罵不還口，但是那天哭著大聲和魔鬼吵架。我太害怕了，躲進被子，捂住耳朵睡覺。隔天早晨起床後，一臉憔悴的媽媽對我說：「春，對不起。」我放在桌上的畫留下了杯底圓形的痕跡，八成是魔鬼把酒放在我的畫上。因為我很認真畫那幅畫，所以很難過。媽媽哭著用面紙壓擦弄髒的地方，雖然無法完全把杯子的痕跡消除，但已經淡了許多。看到溫柔的媽媽為了保護我的畫，挺身反抗魔鬼，反而讓我更難過。我覺得很對不起媽媽，媽媽因為我的關係，挨了魔鬼的打。

為了逃離魔鬼，我和媽媽連夜逃走，也離開了以前的好朋友。雖然在媽媽親戚的協助下，搬到這個城市，但魔鬼很快就找到了我們。魔鬼現在仍然住在我們家，每次想到如果爸爸還活著，不知道該有多好，就忍不住淚流不止。但是，我不能讓媽媽看到我哭，所以每次都躲在被子裡哭。因為我很堅強。

我總是想像沒有魔鬼的生活會是什麼樣。

之前和你交換的筆記本發揮了很大的作用。我畫畫後，由你寫上臺詞；我為你畫的畫想臺詞，我們一起思考故事的發展。交換日記也一樣，讓我能夠想像沒有魔鬼的世界，既然我和你可以透過筆記本做到，在現實生活中一定也可以做到。我希望可以早日保護媽媽。

雖然很想逃離魔鬼，但媽媽似乎沒有錢再搬家了。媽媽和親戚阿姨通電話時，我聽到了她們的談話。逃走要花錢，而且一旦搬家，我又要轉學，我第一次結交到像你這樣的朋友，所以很害怕離別。這就是我之前還沒有告訴你的轉學理由。對不起，寫了這麼沉重的事。

也許我該把這一頁撕掉，也許這些內容只會讓你感到困擾。啊——真想趕快見到你，和你面對面聊天。我只能畫畫，等你趕快回家。你要再為我的畫想臺詞喔。我要和你一起成為繪本作家，然後幫助媽媽擺脫這一切。

八月二十一日（三） 岬真一

我到底該寫什麼才好？謝謝竹內妳告訴我這些難以啟齒的事。我完全不知道妳面對這麼痛苦的狀況，在聊到「最危險的人在家裡」的話題時，還說什麼老虎、瀑布這種無聊的事。對不起，我覺得很丟臉。

我會保護妳。我才不怕魔鬼，我家有爸爸打棒球時用的金屬球棒，我可以用那根球棒，打倒妳家的魔鬼。我絕對可以打倒他。看了妳寫的內容後，我立刻開始練伏地挺身。妳等我。妳媽媽人真好，但是，妳完全沒有錯。如果有人這樣糟蹋我心愛的畫，我一定會大聲哭喊。我無法原諒那個傢伙。我一定會去救妳，希望妳等我。

又及：妳畫了神社、夕陽和大海，最後是我和妳嗎？

神社就是我們之前一起去的神社吧。夕陽是在抽水站公園。妳當時說，希望以後可以去看海。我們改天去看海吧。妳畫的畫都很出色。我現在還無法像妳畫得這麼好，在我心中，妳的畫是第一名。

八月二十五日（日） 竹內春

岬，謝謝你。我看了一次又一次，如果真的遇到危險狀況，就請你來打倒魔鬼喔。謝謝你呢。

沒錯！上次騎腳踏車，去校區外的神社太開心了。夕陽的畫就是在抽水站公園沒錯。以後一定要去海邊唷。最後那幅畫是我和你。我們是人類，人類不是很強大嗎？在所有的故事中，人類都可以戰勝魔鬼啊。雖然不是全部，但十之八九都是人類獲勝吧？

八月二十六日（一） 岬真一

人類很強大，魔鬼出現在故事中，就是為了被人類打倒呢。即使有時候是魔鬼獲勝，那也只是故事還沒有結束，所以我們要一起打倒魔鬼！我今天練了五十次伏地挺身喔。我會保護妳。

八月三十一日（六） 岬真一

我連續三天都去抽水站公園，結果整個人都曬黑了，我很喜歡自己目前的樣子。我很擔心妳，希望可以早日見到妳。

九月一日（日）岬真一

神社那幅畫沒有對話框，所以我忘了寫臺詞。我要為神社那幅畫寫「希望竹內春所有的願望都可以實現，希望可以比流星更早實現竹內春的願望」。

夕陽的臺詞是「我已經變紅了，讓你們不會忘記見面的約定」。

大海的臺詞是「開心嗎？我更開心喔」。

最後兩個人的臺詞是「我們是永遠的夥伴」。會不會太普通了？

九月七日（六）岬真一

我今天已經換上毛衣了，是黑色V字領的毛衣。這是學校制服的毛衣，所以大家都一樣，妳穿毛衣應該也很好看吧。對了，呃──我要說什麼。

今天有全校集會，所有學生都在體育館集合。校長開始說很悲傷的奇怪故事，明明是我們的故事，他竟然未經我們同意就說了出來。太過分了。班上的女生都哭了，田中同學在提問之前就哭了。她這次倒是沒有問：「這是眼淚嗎？」老師也哭了。我沒有哭。嗯。我沒有哭。因為校長沒有看過我們的筆記本，所以說的故事根本不精采。我今天終於知道，沒有妳和我，故事當然不可能精采。

不能假他人之手。妳看到的風景必須由我配上臺詞，我看到的風景要由妳寫臺詞，我們要一起完成故事啊。別人說的故事都是假的。對不對？我沒說錯吧？

九月×日（×）岬真一

放學後的教室內，竹內戴著我的帽子胡鬧著。我對著她說：「還給我！」把手伸向帽子，但我並不是真的想把帽子拿回來，甚至很希望可以永遠戴在她頭上。比夏季時柔和的夕陽照在竹內的白襪上，竹內的笑聲傳入我的耳膜。這所學校最會畫畫的人是我的朋友，也是我的夥伴竹內春。

竹內對我說了之前在交換日記中寫過的話。「你不要忘記我喔」，我要如何才能忘記？我根本忘不了，根本不可能忘記。我們要一起去海邊。我會成為繪本作家，竹內也會成為繪本作家。我們要一起寫下這個故事的後續，這個故事還沒有結束。

雖然我和她的交換日記在三十年前的那一天結束了，但並不代表我們兩個人之間沒有過特別的關係。我雖然沒有成為繪本作家，但過著一直寫故事的生活。所有的故事中都有她的氣息、她的影子。她是我的好朋友，也是出色的競爭對手。

相隔三十年後，又在日本看到了曾經和她一起看過的流星雨。那個夏日，我們完成了在深夜一起去看流星雨這麼高難度的約定。為了完成在那個夏天和她之間的另一個簡單的約定——「不要忘記我」，我決定把這個故事寫成書。但是，這個故事還沒有結束。只要我們還活著，不，即使我們已經不在這個世界上，故事仍然不會結束。

她應該在某個海邊的美麗城市創作繪本，帶著笑容生活吧。

當這本書陳列在書店時，我應該已經踏上旅程了吧。世界上的某家書店，某個書架上，一定有她畫的繪本、有原本應該由她畫的繪本。我想看那本繪本。

附記：「最後那幅大海的畫中只畫了少年，希望有朝一日，由重要的夥伴將少女畫上去。

岬春海」

第8夜

那本書，

封面竟然是我的大頭照。

我在書店看到那本書時，
一時搞不清楚是什麼狀況。

我用顫抖的手翻閱那本書，
發現上面有我的住家地址，
還有電話號碼，
社群網站的帳號和密碼
也都寫得一清二楚。

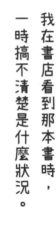

初戀情人的名字，
至今為止，從來不曾告訴任何人的秘密，
全都寫在書上。

我嚇得雙腿發軟。

但是，三個月後，
發生了更可怕的事。

那本書出版了三個月，
我的生活完全沒有發生任何變化。

那本書，

售價是三億日圓，
但是看起來普普通通，平淡無奇。

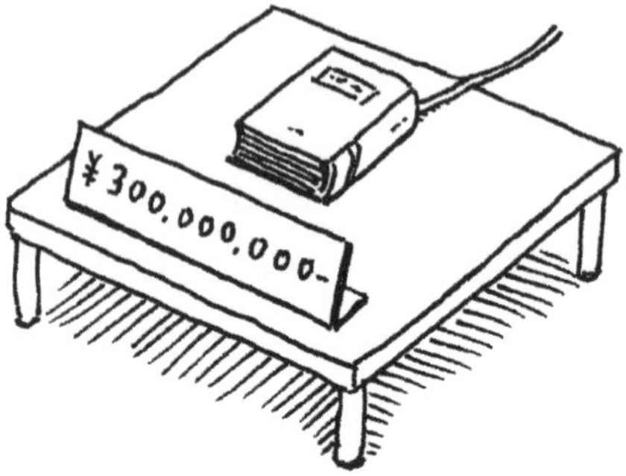

那本書上，記錄了我的前半生，
介紹了我的使用方法。

最特別的是，
我本人綁在書繩的前端。
那是包含我在內的價格。

目前正在舉辦特惠活動，
降價到只要三百萬日圓。

那本書，

是在遺跡中找到的，
原本放在一具遺體的嘴巴裡。

書的長寬差不多都是三公分，
大家都很好奇那本書上寫了什麼內容。

但是，在調查之後發現，
那似乎是當時市場的商品型錄。

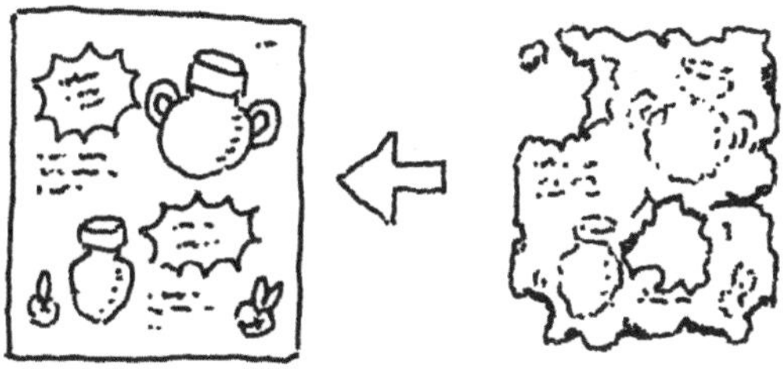

研究人員百思不得其解，
為什麼要把這種東西放在遺體的嘴巴裡？

那本書，

在全世界都找不到了。
因為全都被我銷毀了。

我的一生，都耗費在尋找那本書，
然後從書的主人手上搶走那本書，
最後親手銷毀這件事上。

就在前一刻，
我把最後一本書也燒成了灰燼。
只要我從這個世界消失，
就沒有任何證據可以證明，
世上曾經有過那本書。

但是，我腦海中浮現一個
以前從來不曾有過的念頭。

我這一生，都完全耗在一本書上。
我可以把我這一生所做的一切，
寫成一本書。

我要在最後關頭，
糟蹋自己的一生。

不知道為什麼，
這個念頭越想越迷人。

此刻，我還在猶豫不決。

第9夜

那本書，介紹了不再害怕殭屍的方法。

翻開第一頁，上面寫著「只要自己變成殭屍，遇到殭屍就不會害怕了，反而會愛上殭屍」。

繼續翻開後續的內容，發現介紹了成為殭屍後的貼心小叮嚀。

1. 被殭屍咬了之後，不需要刻意學殭屍說話。因為時間久了，自然而然會變成殭屍的聲音，所以不要著急，順其自然就好。
2. 如果走得太快，人類會失去逃走的力氣，所以放慢腳步，慢慢追上去就好。
3. 去別人家時，不必脫鞋子也沒關係。
4. 即使問對方：「不好意思，第一次見面就做這種事，我可以咬你嗎？」對方也只會聽到「嘎啊嘎嘎嘎啊嘎嘎，嘎嘎嘎嘎嘎嘎。啊嘎嘎嘎嘎喀嘎嘎，嘎嘎嘎嘎？」，所以說了也是白搭。

5. 雖然咬人類的脖子也沒問題，但不能吸人類的血，因為那是吸血鬼做的事。

6. 如果追趕的人突然不見了，十之八九是躲進了車子底下。

7. 看到滿月不要吠叫，因為那是狼人做的事。

8. 看到人類逃進房子，房子的鐵捲門快要關上時，要主動擠進去被夾住。

9. 少年在河邊玩棒球，當他們的球從遠處滾到自己腳下，即使少年要求「麻煩一下——！」，也千萬不能把球丟還給他們。

10. 即使以前還是人類時的朋友叫自己，在對方走到自己身邊，拍自己的肩膀之前，千萬不能回頭。

同一位作者還寫了另一本《不再害怕幽靈的方法》，但看來沒必要花時間看那本書了。

那本書，有時候會把書籤藏起來，我有三枚喜歡的書籤都被藏了起來，媽媽私房錢的五千圓紙鈔也被它藏了起來。媽媽生氣地說：「太可惡了——」於是抓著那本書的書脊，把書頁上下甩動。媽媽的五千圓私房錢紙鈔飄落下來，我的三枚書籤也掉了下來。媽媽最後拍了拍那本書的封面，掉下來一張照片。那是爸爸和媽媽年輕時的照片，照片中的爸爸戴著好像魔術師般的帽子。媽媽滿臉懷念地看著照片嘀咕說：「原來在這裡啊。」

那本書，全世界只有八本，據說只要蒐集滿八本，就可以實現願望。烏兒把第一本送到我手上，然後我透過網拍，用便宜的價格買到了第二本。在二手書店發現了第三本。我買了第三本時，二手書店的老闆把第四本遞給我說：「這本你也拿去吧。」免費送給了我。至於第五本，先按下不表。第六本在我父親的書架上。在丟垃圾的日子，在住家附近撿到了第七本。至於第八本，我在打敗最後的敵人後，搶了回來。

現在來說說第五本的情況。在營火晚會時，不小心丟進篝火中燒掉了，所以無法蒐集滿八本書。但是，如果把其他七本也丟進篝火中燒掉，八本書也許就會在某個地方聚集一堂，再許願讓第五本復活就好。於是我燒掉了手上的七本書，下一剎那，第五本從天而降。我真是料事如神，真的成功了，我終於找回了第五本。另外七本……啊！

那本書，不可以放在圖書館的書架上。一旦把那本書放在圖書館的書架上，就會發出轟隆轟隆轟隆的地鳴聲，巨大的書架會左右分開，地面會冒出另一個發光的巨大書架，然後那個書架也會左右分開，後方出現駕駛艙，整個圖書館會飛向宇宙。

那本書，真的是那本書嗎？

雖然那本書自稱是那本書，但似乎不能輕易相信。

當那本書鬆懈時，從背後叫一聲：「喂，另本書！」那本書就會回頭回應：「嗯？」所以那本書很可能並不是那本書，而是另本書。

那本書，是純白色的。

身穿純白色和服的母親，小心翼翼地抱在胸前。

我第一次看到那本書是在幼稚園的時候，那本純白色的書上貼了很多照片，有我嬰兒時的照片，和幼稚園去遠足時的照片，還有和父母一起去海邊時拍的照片。每張照片旁，都有爸爸手寫的文字，但我那時候還看不懂。我當時年紀還小，也看不懂純白色封面上寫了什麼字。

「接下來，請各位看這裡。」

司儀話音剛落，室內的燈光就暗了下來，巨大的螢幕緩緩下降。

參加者紛紛放下手上的料理和酒杯，同時抬頭看向螢幕。黑色的螢幕上，出現了一行白色的字「二〇〇九年四月八日」，應該代表是十年前拍的影片。我不知道那是什麼影片，我看向身旁的新郎，他對我點了點頭，並沒有向我說明。

螢幕亮了起來，影片中傳來母親開朗的聲音。「三、二、一，開始。」

父親一身正裝，坐在鐵管椅上，身後似乎是建築物的屋頂。父親的後方，是一片耀眼的藍天。他比我記憶中更憔悴。我恍然大悟，那是父親臨終前住的那家醫院的屋頂。

「愛子，新婚快樂！」影片中的父親開始說話。

影片中傳來母親拍影片時的笑聲，但十年後，正在婚宴會場的母親已經淚流滿面。

父親翻著純白色的書，不時說著「這是愛子剛出生的時候～」、「已經是中學生了，時間過得真快～」。

「愛子，現在是二○○九年，雖然不知道妳會在幾年後看到這段影片，但是爸爸的夢想，就是參加妳的婚禮，所以我想留下這段影片。」

影片中可以聽到屋頂的風聲。

「愛子，如果妳明年結婚，我就可以丟掉這段影片，親自參加。」

父親說完，母親在影片中笑著說：「明年她還在讀高中唷。」

「喔喔，對喔。爸爸在三十八歲時開始學小號，每次我說自己學小號的理由，大家都會笑。我學小號的理由，就是希望可以在女兒婚禮上吹小號，結果大家都笑我：『你哪來的女兒？你根本連女朋友都沒有，簡直是痴人說夢。』那時候，我還沒有認識妳媽媽，但是爸爸是認真的。我獨自喝酒，想著有朝一日結婚後，生下女兒，我要在女兒的婚禮上說什麼時，想到我可以吹小號，而且覺得如果不趕快學，到時候就來不及了，所以在妳出生之前，我就已經開始思考妳的事了。」

母親在影片中笑著說：「你說得太沉重了。」然後把小號遞給父親。

「來，妳幫我拍張照，這張照片也要貼在這本書上。」

父親抱著小號對母親說。

「好，請好好欣賞。」父親說完後站了起來，把小號放在嘴邊，吹起了〈The Rose〉，第一個音就完美無瑕。

父親的小號聲淹沒了母親的笑聲、風聲，和婚宴會場的嘈雜聲。父親就在那裡，所有人都看到了父親出現的那片風景。當三分鐘的演奏結束時，會場內響起如雷掌聲。影片中的父親開了口。

「愛子，爸爸始終和妳看著相同的風景，新婚快樂，祝妳幸福。」

此時此刻，我和父親身處同一片風景之中。

一身純白和服的母親流著淚，雙手把純白色的書高高舉起，好像那是獎盃。小時候看不懂純白書上的書名，原來上面寫著「我的人生」。

我知道從那個時候開始，父親就在從我的角度看世界。

也許我的人生，就是父親的人生。

我突然想起了父親那雙溫暖的大手。

第10夜

那本書，

朝著我的腦袋砸了過來。

我來不及閃避，被那本書打中。

我立刻倒地不起。

不知道過了多久，
當我回過神時，發現自己變成了書。

在我旁邊，
人類外形的我東張西望。

「啊啊，
原來我和書的內容交換了身分。」
我憑直覺意識到這件事。

人類的我似乎也慢慢瞭解了狀況，
看了一眼變成書的我，
轉身離開了。

我發現兩件驚訝的事。
首先，沒想到書竟然有意識。

然後，當我變成書，
無法自由活動後，
發現自己心情竟然很平靜。

雖然想到很多擔心的事，
但對「自己是一本書」這件事，
甚至有一種懷念的感覺。

也許我原本就是一本書。
我漸漸產生了這種想法。

也許曾經有一次，
我鬼迷心竅，
突然想當人類。

我從很久以前，
就不時感到不安，
好像自己不是自己，
身處不屬於自己的地方。
也許是因為我原本就不是人類，
才會有這種想法。

現在我終於成為了原來的我。

我茫然地仰望天空，
想著這些事，
有人把掉在路旁的我撿了起來。

那個人隨手翻閱起來，
然後發現了貼在書脊上的貼紙。

她來到稍遠處的圖書館，
把我丟進圖書館的還書箱內，
然後就離開了。

原來如此。原來我是圖書館的書。

隔天早上，圖書館的工作人員來上班，
看著我書脊上的貼紙，
把我送到屬於我的書架。

放滿書的建築物，
放滿書的閱覽室，
放滿書的書架。

工作人員把我塞進了角落的位置。

工作人員離開後，
閱覽室內的書都齊聲對我說：

「歡迎回來。」

我感到格外安心。

沒錯沒錯，
就是這裡，就是這裡。

長方形的我，
剛好卡進長方形的縫隙。

我完成了漫長的旅行，
終於回家了。

我終於想起了一切，
突然感到很睏。
我在漸漸模糊的意識中，
小聲說了一句。

「我回來了。」

第11夜

那本書，只能在夢中閱讀。我在被分到新班級的前一天晚上，在夢中看了那本書。

那本書的書名叫做《結交新朋友的方法》。翻開那本書，發現主人翁緊張地坐在教室角落，為怎樣才能交到朋友感到苦惱不已。「這件事很簡單。」這時，不知道從哪裡傳來一個聲音。主人翁在內心祈求「請你告訴我」，接著那個聲音……

這時，我就醒了。

我還沒有看到該怎麼結交新朋友，就必須去學校了。我坐在教室角落緊張不已。如果我能夠在夢中，看到那本書後面的內容，知道怎樣才能和新同學變成朋友，不知道該有多好。我想看那本書後面的內容。乾脆現在睡覺？不行，不能在學校睡覺。雖然我試著傾聽那個聲音，但那是書中的聲音，我現在當然聽不到。現實和書的內容混在一起了，我覺得很好笑，一個人笑了起來。結果，一個新同學問我：「你在笑什麼？」然後我和他因此變成了好朋友。那天晚上，我在夢中看到了那本書之後的內容。

那個聲音對主人翁說：「這件事很簡單，只要面帶笑容，別人就會主動和你說話。」

我知道了答案，終於放了心，在夢中也睡著了。

那本書，好像封印了一個惡魔，所以那本書上貼了很多符咒。我已經對人生不抱希望，所以把所有符咒都撕了下來。雖然惡魔可能會讓我害怕，雖然惡魔可能摧毀世界，但是，對我來說，都已經無所謂了。

惡魔從那本書中走了出來，而且比我想像中更加巨大，臉也比我想像中更像惡魔。我應該會成為惡魔第一個吃掉的人。沒想到惡魔竟然對我說：「萬分感謝，我在這本書裡住了幾百年，簡直無聊死了，我永遠不會忘記你的救命之恩。」沒想到惡魔比我想像中更有禮貌。

「咦？你是惡魔，不是應該很可怕嗎？」我姑且還是這樣問了惡魔。惡魔笑著回答說：「那是幾百年前的往事，當時我太年輕了。」

那本書，介紹了世界各地的機器人，寫那本書的也是一個老實的機器人，名叫ＨＯＮ－１４００博士。博士為其他機器人寫了那本書，而且那本書也是機器人的一部分。當人類和機器人之間發生紛爭，機器人面臨危險時，只要把一千四百本那本書放在一起，那本書就會合體，形成一個巨大的機器人，在緊急狀況時，巨大的機器人就可以和人類對抗。但是，博士太老實了，把這個祕密寫在那本書的「前言」中。

所以，人類已經知道這件事了。

那本書，在某天下午輕輕飄了起來。原本放在桌子上，不知道什麼原因飄了起來。我抓住那本書，重新放回桌上，但那本書就像被綁在肉眼看不到的氣球上，又重新飄了起來。

隔天，那本書飄得更高了。之後，那本書每天都飄得比前一天更高一點。因為我還沒看完那本書，所以不能讓那本書逃走，於是就抓住了書角，沒想到我也飄了起來。那本書沿著天花板滑行，從窗戶飛出了房間。媽媽看到我飄到了院子，慌忙抓住了我的腳，結果媽媽的身體也飄了起來。爸爸抓住了媽媽的腳，身體也飄起來了。

那是幾天前的事，如今，鄰居抓住了爸爸的腳，警察又抓住了鄰居的腳，麵包店老闆又抓住了警察的腳。

整個城市的人都想要讓自己的家人或朋友回到地面，所以抓住了飄上天空的人，最後所有人都飄浮在天空中。我抓著的那本書已經飄得比大樓更高，甚至比山更高。在整個城市的人都飄到天空的瞬間，地面上出現了一隻巨大的鼴鼠，張開了大嘴巴。如果地面上有人，可能會被鼴鼠吃掉。鼴鼠驚訝地發現地面完全沒有人，更驚訝地發現許多人都飄在空中，嚇得回到了泥土下的世界。

我抓著的那本書慢慢變重，緩緩向地面降落。大家回到地面後，又回歸了一如往常的生活，好像什麼事都不曾發生過。我向那本書道謝後，繼續看了下去。

第12夜

那本書，

評價很差。

因為書中描寫了英雄被打敗的故事。

但是，當時的我在各方面都很不順，
甚至無法像別人一樣正常生活，
對我來說，書上那個百戰百輸的英雄，
是唯一的救贖。

我覺得它就像是
陪我一起走過地獄之路的戰友。

更覺得那本書，
就是專門為我而寫的。

之後，周圍的環境改變，
各方面也稍微步上了軌道。
有一天，我突然想起了那本書。

我想知道那本書的作者，
為什麼會寫下那本書。

經過多方調查，
發現了驚人的事實。

那本書的作者有從軍經驗，
曾經短暫和我父親
在同一個部隊服役。

我在當時就已經活得很痛苦，
父親直到最後，都一直為我擔心。
母親曾經多次向我提及這件事。

在不知道何時會失去生命的戰場上，
父親可能把我的事，
告訴了這位日後成為作家的男人。

父親和那位作家都已經離開了人世，
我沒有任何方法，可以確認事實真相。

但是，
也許那位作家是為了鼓勵素未謀面的我，
寫下了那本書。

我完全不知道事情的來龍去脈，
剛好看了那本書，
同時獲得了救贖。

果真如此的話，
就意味著那本只為一個人而寫的書，
超越了時空，傳到了正確的人手上。

真的會有這種
宛如奇蹟般的事嗎？

不，可能真的有，
至少可能性並不是零。

想到這裡，
我發現了另一件事。

我奇蹟似的
接收到他傳達的訊息。

這就意味著這個世界上，
有很多書承載了某個人的想法，
卻「沒有傳達給需要的人」。
這樣的書多如繁星。

有人把信放在瓶子裡，丟進大海。
人類藉由持續不斷地製作書籍，
來傳達想法。

只是因為沒有放棄相信那微小，
但隱約存在的可能性。

第13夜

那本書，還沒有誕生。夜深人靜，整個城市都陷入沉睡，小說家正在老舊小公寓的一個房間內寫那本書，那本書只存在於小說家的腦海中。周圍的人都不抱有任何期待，甚至有人唱衰，反正永遠都不可能完成。

但是，或許有一天，有人看了那本書後會露出笑容，有人拿來墊鍋子，或是有人說那本書無聊透頂。沒有人知道。

但是，小說家正在努力創作那本還沒有誕生的書。

尾聲

那本書的封面上，
寫了兩個男人的名字。
這是某個王國出版的書。

以下是那本書
後半部分的故事梗概。

那兩個男人
說了很多關於書的故事，
國王聽了之後十分滿意。

然後，國王指示信臣：
「書果然很有趣，
把他們蒐集到的這些關於書的故事，
寫成一本書吧。」

一個月後，國王駕崩了。

信臣按照國王臨終的命令，
把那兩個男人蒐集到的故事，
製作成一本書。

但是，半年後，
一位記者揭發了一個意外的事實。

原本以為兩個男人去了世界各地旅行，
但其實他們根本沒有出門旅行。

他們把國王支付的旅費拿來當作生活費，
整天窩在家裡，編造了所有的故事。

○沒有正確使用旅費

○欺騙了國王

兩個男人因為這兩項罪名，

遭到了逮捕。

法庭上，他們被判處有罪。

法官問他們：

「你們最後還有什麼話要說嗎？」

那兩個男人想了一下，

異口同聲地說。

「那本書是……」

全書完

國家圖書館出版品預行編目資料

那本書是 / 又吉直樹、吉竹伸介 著；王蘊潔譯. -- 初版. -- 臺北市：皇冠, 2024. 7
192面；20.2×14.8公分. --(皇冠叢書；第5158種)(大賞；162)
譯自：その本は

ISBN 978-957-33-4150-5 (平裝)

861.57　　113006232

皇冠叢書第5158種
大賞｜**162**

那本書是

その本は

作　　者—又吉直樹、吉竹伸介
譯　　者—王蘊潔
發 行 人—平　雲
出版發行—皇冠文化出版有限公司
臺北市敦化北路120巷50號
電話◎02-27168888
郵撥帳號◎15261516號
皇冠出版社(香港)有限公司
香港銅鑼灣道180號百樂商業中心
19字樓1903室
電話◎2529-1778　傳真◎2527-0904
總 編 輯—許婷婷
責任編輯—蔡承歡
美術設計—嚴昱琳
行銷企劃—蕭采芹
著作完成日期—2022年
初版一刷日期—2024年7月
初版二刷日期—2024年8月
法律顧問—王惠光律師

讀者服務傳真專線◎02-27150507
電腦編號◎506162
ISBN◎978-957-33-4150-5
Printed in Taiwan
本書特價◎新臺幣399元/港幣133元